Disney
Y
LLEW FRENIN

AF010582

RILY

Roedd yr haul yn codi dros y tir mawr yn Affrica, ac roedd yr anifeiliaid a'r adar yn sefyll gyda'i gilydd wrth Graig y Brenin.

"Dyna fe!" gwaeddodd un ohonyn nhw'n sydyn. "Dyna'r tywysog newydd!"

"Croeso i'r Tywysog Simba!" bloeddiodd pawb a tharo'r llawr gyda'u traed.

Roedd pawb yn dawel wrth wylio Raffici, hen fabŵn doeth, yn codi'r llew ifanc yn uchel i'r awyr.

Diflannodd y cymylau a thywynnodd yr haul. Rhoddodd Raffici Simba yn ôl i'w rieni balch, y Brenin Mwffasa a'r Frenhines Sarabi.

Dyna ddiwrnod arbennig!

Roedd gan Simba bach lawer i'w ddysgu. Un bore, aeth y brenin â'i fab am dro o gwmpas y deyrnas.

"Cofia," meddai Mwffasa. "Rhaid i frenin da barchu pob creadur. Rydyn ni i gyd yn rhan o Gylch Bywyd."

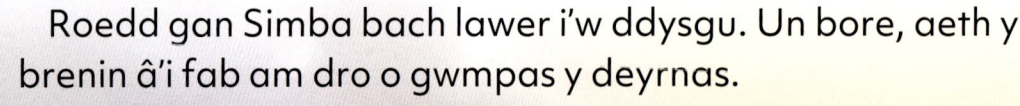

  Yna, gwelodd Simba ei ewythr, Craith. Dywedodd Simba wrth Craith ei fod wedi gweld y deyrnas i gyd.
  "Pob man?" gofynnodd Craith yn gyfrwys. "Hyd yn oed y gogledd pell?"
  "Wel, na," atebodd Simba'n drist. Doedd ei dad ddim yn gadael iddo fynd mor bell.
  "O, da iawn," meddai Craith. "Dim ond llewod dewr sy'n cael mynd yno. Ddylai tywysog ifanc ddim mynd i fynwent yr eliffantod."

Aeth Simba ar frys i chwilio am ei ffrind gorau, llewes ifanc o'r enw Nala.

Roedd Simba a Nala wedi penderfynu mynd i fynwent yr eliffantod y diwrnod hwnnw, er nad oedden nhw i fod i fynd yno.

Yn dawel bach, roedd Craith wedi trefnu bod tri udfil yn mynd i fynwent yr eliffantod hefyd. Roedd Craith eisiau iddyn nhw ladd Simba, er mwyn iddo fe ddod yn frenin ar deyrnas Mwffasa.

Rhedodd Simba a Nala ar hyd y tir sych at fynwent yr eliffantod.

O'r diwedd, dyma nhw'n gweld pentwr o esgyrn. Roedden nhw wedi cyrraedd.

"Dydw i ddim yn hoffi'r lle yma," meddai Nala. "Ble ydyn ni?"

"Dyma fynwent yr eliffantod," llefodd Simba wrth weld penglog. Yna, gwelodd Catw, ffrind i'w dad.
"Rhaid i chi adael yn syth." meddai Catw. "Mae'n beryglus!"
Ond roedd hi'n rhy hwyr! Roedden nhw wedi cael eu dal. Roedd tri udfil yn sefyll o'u cwmpas nhw. Roedden nhw'n chwerthin yn gas ac yn llyfu eu gwefusau'n llwglyd.

Ceisiodd Simba ruo, ond dim ond sŵn bach gwichlyd ddaeth allan. Dyma'r udfilod yn chwerthin lond eu boliau. Ceisiodd Simba ruo eto.

RAAAAAAAAAAAAAAAAAA! Trodd y tri udfil a gweld ... y Brenin Mwffasa!

Dyma'r brenin yn eu taro gyda'i bawennau enfawr. Rhedodd yr udfilod i ffwrdd gan sgrechian.

Aeth Nala a Catw yn eu blaenau, a cherddodd Mwffasa adref yn araf gyda Simba.

"Simba, rydw i'n siomedig. Wnest ti ddim gwrando arna i ac fe roddaist dy hun ac eraill mewn perygl mawr."

Roedd Simba'n teimlo'n ofnadwy. "Ro'n i eisiau bod yn ddewr fel ti," esboniodd.

"Does dim angen chwilio am drwbl er mwyn dangos dy fod yn ddewr," meddai'r brenin yn garedig.

    Roedd y lleuad yn disgleirio'n llachar a'r sêr yn pefrio yn yr awyr dywyll.

    "Edrych ar y sêr!" meddai Mwffasa. "Mae brenhinoedd gwych y gorffennol yn edrych i lawr arnon ni. Cofia y byddan nhw yno i dy arwain di o hyd. A minnau hefyd."

    "Fe gofia i," atebodd Simba.

Meddyliodd Craith am gynllun arall i gael gwared ar Mwffasa a Simba. Aeth â Simba at waelod ceunant a dweud wrtho i aros am ei dad. Yna, dechreuodd yr udfilod garlamu trwy'r haid o gnwod gwyllt.

Roedd Mwffasa'n cerdded ar hyd y creigiau gyda Catw. "Dwi'n dod, Simba!" galwodd.

Rhedodd Mwffasa i achub ei fab.

Ond wrth iddo redeg, disgynnodd Mwffasa dros y dibyn. Gwelodd ei frawd yn edrych i lawr arno.

"Helpa fi, Craith!" galwodd Mwffasa. Ond pwysodd Craith ato a sibrwd, "Hir oes i'r brenin!"

Yna, gwthiodd ef Mwffasa o flaen y cnwod gwyllt.

Rhedodd Simba at ei dad. "Dad!" llefodd Simba. Ond atebodd y brenin ddim. Dechreuodd Simba grio.

"Dy fai di yw hyn, Simba," meddai Craith yn gelwyddog. "Beth wyt ti wedi'i wneud? Mae'r brenin wedi marw. Paid â dod yn agos at y llewod eraill eto. Rhed i ffwrdd a phaid byth â dod yn ôl."

Aeth Craith yn ôl i Graig y Brenin i'w goroni'n frenin. Llusgodd Simba ei hun trwy'r tir sych tua'r jyngl. Roedd e'n ofnus ac yn crynu. Cwympodd ar y llawr mewn blinder. Hedfanodd adar mawr llwglyd uwch ei ben.

O'r diwedd, agorodd Simba ei lygaid. Roedd baedd o'r enw Pwmba a mircat o'r enw Timon yn syllu i lawr arno. Dyma nhw'n rhoi dŵr iddo i'w yfed.

"Roeddet ti bron â marw," meddai Pwmba. "Fe wnaethon ni dy achub di."

"Diolch am eich help," atebodd Simba. "Ond does dim ots. Does gen i unman i fynd."

"Beth am aros gyda ni?" gofynnodd Timon yn garedig. "Anghofia am bopeth sydd wedi digwydd, a phaid â phoeni."

Meddyliodd Simba am ychydig cyn penderfynu aros yn y jyngl gyda'i ffrindiau newydd.

Sawl blwyddyn wedyn, dyma Simba'n achub Pwmba rhag cael ei fwyta gan lewes lwglyd. Nala oedd y llewes! Roedd y ddau ffrind yn hapus dros ben i weld ei gilydd eto.

Dywedodd Nala wrth Simba fod Craith yn frenin cas iawn.

"Wnei di ddod yn ôl i Graig y Brenin, Simba?" gofynnodd Nala. "Ti ddylai fod yn frenin!"

Ond roedd Simba'n poeni nad oedd yn haeddu bod yn frenin.

Dangosodd Simba ei hoff lefydd yn y jyngl i Nala. "Mae hi'n brydferth yma," meddai Nala. "Ond nid fan hyn yw dy gartref di."
Trodd Nala a gadael ei ffrind ar ei ben ei hun.

Y noson honno, gorweddodd Simba wrth ymyl nant a meddwl am amser hir. Yn sydyn, clywodd sŵn. Edrychodd i fyny a gweld Raffici. Roedd Raffici wedi teithio'n bell er mwyn dod o hyd i Simba.

"Dere gyda fi," meddai Raffici. "Galla i fynd â ti at dy dad."

Dilynodd Simba Raffici at y nant. Edrychodd Simba ar ei adlewyrchiad yn y dŵr. Roedd yr adlewyrchiad yn newid, ac yn sydyn, gwelodd wyneb ei dad.

Clywodd Simba lais Mwffasa:
"Simba. Rhaid i ti gymryd dy le yng Nghylch Bywyd. Ti yw fy mab i, y brenin go iawn."
Yna, dyma'r adlewyrchiad, a Raffici, yn diflannu.

Yn ôl yng Nghraig y Brenin, doedd hi ddim wedi bwrw glaw ers amser maith, ac roedd y tir yn sych.

"Rydyn ni'n llwglyd!" cwynodd yr udfilod wrth y Brenin Craith. "Does dim bwyd yma i ni."

Roedd cymylau du, stormus yn yr awyr a saethodd mellten i'r ddaear. Aeth y gwair sych o amgylch Craig y Brenin ar dân. Daeth llew mawr allan o ganol y mwg a'r fflamau. Simba oedd yno!

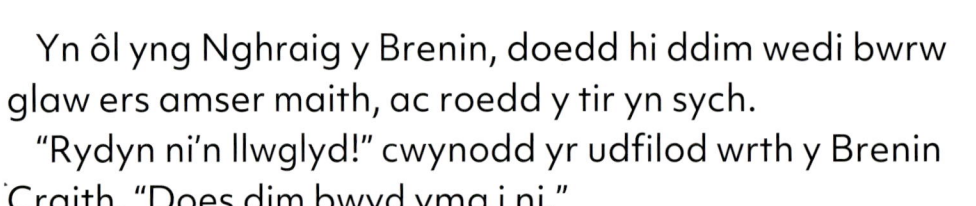

Neidiodd Craith ar Simba. Roedd e eisiau ei ladd fel roedd e wedi lladd Mwffasa. Buodd y ddau'n ymladd yn ffyrnig. Yn y diwedd, gwthiodd Simba Craith dros y clogwyn. Roedd Simba wedi ennill!

Aeth Nala at Simba. "Croeso gartref!" sibrydodd. Gwenodd y ddau ar ei gilydd. Yna, dechreuodd hi fwrw glaw.

Disgynnodd y diferion trwm ar y ddaear wlyb. Cyn hir, roedd y nentydd yn llawn dŵr unwaith eto. Dechreuodd pethau dyfu ar y tir, a daeth yr anifeiliaid yn ôl.

Yn gynnar un bore, aeth yr anifeiliaid a'r adar at Graig y Brenin unwaith eto.

Gwyliodd pawb wrth i Raffici godi cenau ifanc yn ei ddwylo.

Roedd pawb yn dathlu wrth weld tywysoges newydd. Dyma ferch y Brenin Simba a'r Frenhines Nala.

Y noson honno, edrychodd Simba ar y sêr yn disgleirio yn yr awyr.

"Mae popeth yn iawn, Dad," meddai Simba'n dawel. "Fe wnes i gofio."

Ac fe winciodd y sêr yn ôl arno.